너에게
들키고 싶은
혼잣말—

너에게
들키고 싶은
혼잣말_

관계에 상처받은 나를 위한 따뜻하지 않은 위로

글·그림 김선아

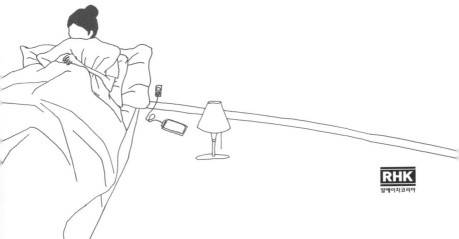

RHK
알에이치코리아

Contents

PART 1. 괜찮지 않아도
괜찮아 ——————————————————— 8

1 안 괜찮아 • 2 왜 다들 나를 떠나는 거지 • 3 아닌 척

4 매번 새롭게 아프다 • 5 나로부터 • 6 무조건적인 내 편

7 서렸다, 오해가 • 8 나다워지고 싶은데

9 나는 계속 멋진 사람으로 살아갈 테니 • 10 내가 덜 아픈 건 아니야

11 결국 우리는 사랑을 원하지 • 12 위로 없는 위로

13 가끔은 안부도 물어주세요 • 14 빙빙 돌리지 말고 말해줘

15 그렇게 침묵하게 된 거야, 나는 • 16 틀 • 17 신경 쓰지 않는다는 게

18 필요 없으니 대답하지 않을게 • 19 마음이 가득 차버렸다

20 말이 필요 없는 사람 • 21 날 좋아하는 이만 바라봐

22 화를 내지 않는 이유 • 23 그럼 나는 뭐지 • 24 너를 먼저 위로해봐

25 그만 뒤로 가 • 26 고맙고, 또 미안한 • 27 선 • 28 내 곁에 있어줘

29 내 마음 속속들이 • 30 같은 아픔 • 31 일렁일 필요 없어

32 알아줘서 고마워 • 33 적당히 나쁜 것 • 34 가깝지만 먼, 멀지만 가까운

35 너무 많은 걸 바라지도 말고 • 36 바스락 • 37 집중하기

38 너에게 나의 존재란 • 39 관계, 관계

이미

PART 2. 충분한 당신 _____ 66

40 로망 • **41** 진실 혹은 거짓 • **42** 아픔의 절대성

43 모든 연애의 끝에는 • **44** 이중적인 속내 • **45** 나의 선의는 공짜가 아니야

46 편한 침묵이 우리를 불편하게 만들었다 • **47** 안개 같은

48 바보가 되고 싶을 때 • **49** 감정의 함수 • **50** 우리가 어쩌다 이렇게 됐을까

51 나보다 중요해진 너의 수많은 것들 • **52** 상투적이지만 상투적이지 않은

53 네가 좋은 이유 • **54** 마음이 시큰시큰해 • **55** 너한테만큼은

56 생각의 생각의 생각 • **57** 좋은 사람 있었으면 해 • **58** 기대감 뒤의 나

59 하나의 단어로는 형용할 수 없어 • **60** 그리움의 시간, 장소, 상황

61 뜻밖의 고백 • **62** 그 남자의 팔불출 • **63** 아플 자격 • **64** 짧은 위로

65 이미 늘어져버린 관계에 아무리 물을 준다 한들 • **66** 응, 사랑해

67 애쓰지 마 • **68** 답정너 • **69** 녹아내리는 중 • **70** 내가 잡고 있을게

71 있을 때 잘했어야지 • **72** 정말 이기적이지만 사랑은 이기적이기도 하지

73 그때의 네가 아닌 그때의 나 • **74** 옆에 있기만 하면 돼 • **75** 변명의 굴레

76 사무치다 • **77** 시간이 흐르기 전에

78 가려진 마음은 진심일 가능성이 크다 • **79** 화해의 장

80 온전한 나를 사랑해주세요 • **81** 오롯이 너와 나만의 시간

PART 3. 온전히
나를 위하여 ——————————— 132

82 그렇고 말고 • **83** 노력형 인간 • **84** 고슴도치 • **85** 모두가 그렇잖아요

86 흐트러진 감정을 제자리에 두는 법 • **87** 나를 사용해주세요

88 내가 아닌 나 • **89** 그렇게 또 늘었다. 그저 그런 하루

90 기분이 태도가 되어서는 안 된다 • **91** 나도 좀 행복하면 안 될까요

92 Time to rest • **93** 빈곤한 나를 발견하고 • **94** 동굴 • **95** 그 이름 청춘

96 마음에 살며시 든 햇볕 • **97** 결국, 괜찮아진다 • **98** 목적지

99 내 마음대로 • **100** 나를 빛나게 해줄 옷 • **101** 방 안의, 밤 안의 나

102 유일무이한 나라서 • **103** 단 한 명의 사공 • **104** 편한 대로 생각하기

105 잘 지키지 못하고 있는 다짐들 • **106** 불편한 합리화

107 행복이 불러온 불행 • **108** 완벽주의의 고달픔

109 말하지 못하는 것 혹은 말하지 않는 것 • **110** 나도 정답은 아니다

111 그때의 상처는 나의 어리숙함일지도 몰라

112 나도 알고 있는 내 모습을 찌르지 말아줘 • **113** 내려놓음

114 불편한 기대 • **115** 포기 금지, 의심 금지 • **116** 노래 속의 나, 그 시절의 나

117 이미 가진 것에 대한 감사 • **118** 간사한 본성 • **119** 나의 권태로움

120 무뎌진다는 건 아마 • **121** 공허한 바다 • **122** 여행 • **123** 고통을 없앨 힘

124 정면돌파가 필요한 순간 • **125** 결점도 결국 나 자신

126 누구에게나 그늘은 있다

결국,

PART 4. 인생이란 ————————————— 195

127 더 나은 나를 위해서 • **128** 내가 바라는 삶

129 한바탕 폭풍우가 몰아친 뒤에야 • **130** 가장 소중한 것부터

131 그 밤의 나 • **132** 두려움은 합리화를 가장 빛나게 해준다

133 하루는 길고 일 년은 짧아 • **134** 잠깐만 멈춰줘

135 내가 밟는 곳이 길이 되는 거야 • **136** 악마 같은 밤

137 문제가 문제다 • **138** 뜨겁게 더 뜨겁게 • **139** 가슴을 간질이는 것들

140 휴식이 필요해 • **141** 편하게 산다는 건 • **142** 삶의 지침서

143 그냥 하기 싫어서 불평하는 건 아니고? • **144** 주체적으로

145 난 욕심쟁이인가 봐 • **146** 보내주는 마음 • **147** 인생이라는 상자의 내용물

148 감당할 수 없는 건 없다 • **149** 행복의 상대성 • **150** 아픔의 한계

에필로그 펼쳐진 일기장 ————————————— 232

괜찮지
않아도
괜찮아

어찌 보면 괜찮아라는 말이
나를 이렇게까지 내몰았을 수도
있다는 생각을 했어.
사실 하나도 안 괜찮은 네 말이야.

#2   왜 다들
      나를 떠나는 거지

> 남 탓하는 사람은 결국 주변의 소중한
> 사람을 잃는다. 또한 아픔을 겪고도
> 배움이 없으여 내면이 성장하지 못한다.
> 자신만 피해자라고 생각하여 모든
> 상황, 환경, 사람들을 가해자로 만든다.
> 결국 혼자가 된다.

이거 때문이야.
저거 때문이야.
너 때문이야.
나는 잘못한 거 없어.
오히려 나는 피해자였어.
그때 좀 잘하지 그랬니.

근데 나 혼자 두고 어디가?

마음을 비우면 돼. '저 사람은 저런
생각을 가지고 살아가는구나', '저 사람은
이걸 이렇게 받아들이는구나.'
그럼 괜한 일로 상처받지 않아도 돼.
서로 좋잖아?

이미 상처받은 건
아니고?

#4 매번
새롭게 아프다

변할 걸 알고 시작한 관계인데도
이렇게 허무해.

너만큼은 그 사람에게
진심이어서 그런 게 아닐까?
우연중에 일었던 거지.

사람 사이가 다 그렇다지만
변하에는 항상 아쉬움이 남아.
언제나 적응이 안 되는건
사실이지.

안 좋은 일은 아무리 자주 겪어도
적응하기가 힘들고 매번 새롭게 아프다.
사람은 모두 변하지만 나와의 관계에서
변해가는 그 사람의 모습을 보는 것만큼 고통스러운 일도 없다.
내 믿음과 마음이 클수록 그것은 배가 되는 듯하다.

#5 나로부터

당연히 오든 사고의 시발점과
그 내용들은 내 경험이 바탕이고
원인인 거잖아. 근데 사람들은
자꾸 그 이상을 바라니까
나란 사람이 잘못된 건가 싶어.

딱 그 정도만 해요.

충분해요.

내게는.

#6 무조건적인
내 편

개만 알아. 나 이러는거.
다른 사람은 아무도 몰라. 관심도
없겠지. 내가 어떻든 간에.

어찌 됐든 어떤 상황에서라도
나를 믿어주는 사람이 있다는 게
정말 강력한 버팀목이 되잖아.
나는 그거 하나로 버텨.

사랑하는
우리 엄마 아빠, 남자친구.

서렸다,   #7
오해가

가끔 상대방이 내가 의도한 것과
다르게 받아들였다는 걸 느낄 때가 있어.
참 곤혹스러워...

그렇게 마음이 왜곡되는 건가 봐.
오해 서린 관계, 참 많지.

#8 나다워지고
싶은데

자존감이 낮은 나의 모습.

나에 대한 기대치가 높은 사람한테
사실 좀 대하기가 어렵더라고.
  그만큼 실망도 쿨 해내가 자꾸
내 행동에 눈치를 보게 돼.
여전히 그 사람한테 괜찮은 사람이고
    싶으니까.

#9 나는 계속
멋진 사람으로 살아갈 테니

처음에는 기분이 나빴다가 애잔하다고 생각했어.
한참을 그러니까 어느 순간에는 기분이 좋더라고.
내가 그렇게 대단한 사람인가 싶기도 하고.
자격지심이란 게 그렇잖아.
내가 갖고 있지 못한 걸
누군가가 보란 듯이 갖고 있을 때 드러나는 건데
걔 눈에는 내가 되게 멋진 사람인가 봐.

#10 내가 덜 아픈 건 아니야

자기 방어의 수단으로 남의 상처를
드러내는 일을 해선 안 돼.
남의 아픈 곳을 찌르는 것 만큼
비겁한 짓도 없으니까.

그럼 나 굉장히
잘못한 거네..?

어릴 때 화가 나면 어떻게든 상대를 쿡쿡 찌르고 싶은 마음에
상처를 적나라하게 긁었다.
내가 덜 상처받기 위해서 당신의 아픔을 이용했다.
미련하고 비겁한, 어린 나였다.
어차피 내가 아픈 건 마찬가지였는데.

#11   결국 우리는
사랑을 원하지

나도 사랑받고 싶어요.
이미 곪은 내 마음이지만
그렇게라도 나를 알아줄까
자꾸만 후벼파는 거예요.
그런데도 당신은 몰라주잖아요.

#12 위로 없는
위로

이럴 때마다 눈물이 왈칵 났다.
한 방울 한 방울 차곡차곡 쌓으며 흘리지 않게 안간힘을 썼는데
너는 내 파도에 쉽사리 빠져버려 나의 눈물을 다 쏟아버렸다.

지금 옆에 있어줘.

가끔은 안부도
물어주세요

#13

나는 물건이 아닌데, 필요할 때만 찾는, 그런 소모품이 되고 싶지 않았는데. 결국 어쩔 수 없나.

연락이 오면 반갑기보다는 또 무슨 일이 있어서 그러지, 어떤 부탁을 하려고 그러는 거지 하는 생각이 먼저 든다는 게... 떠오른다는 게 되게...

우리 사이가 그렇게 변했다는 게 되게….

#14 빙빙 돌리지 말고
말해줘

직접적으로 말해줘.

빙빙 돌려 말해도 나는 잘 몰라.

#16 틀

내 잣대로 사람을 판단하는 습관이 생겼다.
이 사람의 이런 행동은 아마 이렇기 때문일 거야 하고
혼자 판단하고 그들을 내 틀에 가둬 놓는다.

아주 거만하게도 내가 틀렸을 거라는
생각은 하지 못한 채.

상처받지 않으려고 이기적인 방법을 택했다.
이 사람은 이럴 거라고 내 멋대로 판단하고
틀 안에 그 사람을 맞추어 보았다.
사실 상대방은 틀 밖의 친절함을
내게 베풀고 있었는데...

신경 쓰지
않는다는 게

사람들이 종종 착각하는 게 뭐냐면
둔한 사람들은 상처받지 않을 거라고
생각한다는 거야. 나도 모르게 긁혀 있는
흉터가 더 아플 때도 있듯이
신경 쓰지 않는다는 게 상처받지
않는다는 말은 아닌데 말야.

#18 필요 없으니
대답하지 않을게

너 좋을 대로 해. 내가 아무리
말해도 결국 네 뜻대로 할 거
잖아. 네 인생을 너 아닌
누가 결정해주겠어?

나는 적당히 대답해줄게.
대신 딱 거기까지만 하자.
처음부터 내 대답은 필요 없었던 거 알아.
판단은 네 몫이야.

사람 마음이 다 그렇듯
하는 알을 수 있어도, 서운함은
참기 힘들더라고.
〈서운해하지 말아야지〉 하는
순간, 이미 내 마음은 그로
가득 차 있는 거야.

연인 관계에서 서운함이란 감정은
아주 큰 장애물인 것 같다.

#20   말이
      필요 없는 사람

넌 말이 필요 없는 사람이야.

말이 필요 없는 사람이란,

　아무 말 하지 않고 오랜 시간을 같이 있어도

　불편함 없이 서로의 감정을 느낄 수 있는 사람 아닐까?

#21 날 좋아하는
이만 바라봐

네 삶의 초점을 바꿔보는 건 어때?
너를 싫어하는 사람에게 집중하면
계속해서 우울해지겠지만
너를 좋아하는 사람들에 초점을 맞추면
삶이 훨씬 가벼워질 거야.

있지. 나 요즘 너무 우울해.
치열하게 무언가를 할 자신도 없고
그렇다고 미움받기도 싫고...

가벼운 삶 말고 가벼운 삶.

화를 내도 어차피 나만 손해야.
상대방은 당장 욕먹고 있는 상황이
짜증날 뿐이지 내 기분 같은 건
안중에 없어.

덤덤하게 차분하게 넉넉하게 생각하기, 편하게 마음 다잡기,
무얼 잘못했는지 생각해보고 조곤조곤 얘기해주기.
그 정도로도 나는 아주 멋진 사람이 되어 있을 테니까.

#23 그럼
나는 뭐지

나도 특별한 사람이라고 생각했던 순간은 당연하다는 듯 희미해지고 또다시 자존감이 바싹 치는 그때에 내가 무얼 할 수 있을까 찬찬히 생각해 보곤 했어. 근데 아직도 답을 못 찾았어. 어쩐지 더 불행해지는 기분이야.

그런 말을 들으면 나는 많이 섭섭하다..

나는 대체 뭘 어찌해야 할까.
내 마음은 너에게 행복이 아니란 걸 알아버렸다.

너를 먼저 위로해봐 #24

내가 아픈 걸 누가 좀
알아줬으면 좋겠어.

너 스스로도 위로가 안 되는데
누구에게
무얼 바라겠어.

아픈 걸 알아주길 바라면서도
나를 좀 내버려뒀으면 좋겠고…
참 어려운 게 사람 마음.

#25 그만
뒤로 가

46

#26 고맙고,
또 미안한

나는 참 내가 생각해도 못됐다. 아니 정이 없는 건가.
그건 또 아닌데 왠지 모르게 시간이 지날수록 혼자가
편하다. 그러면서도 되게 고독해.
생각이 많아지면서 걱정에 시달리고 머리에
구멍이 난 것처럼 무언가 우르르 쏟아지기 무섭게
또 우르르 빠져나간다. 그렇게 벽을 쌓아 두는데
신기하게도 허물고 싶어 하는 내 마음을 잘 안다는 듯
다 깨부수고 내게 다가와 주는 고마운 사람들이 있다.
고맙고 미안한 사람들.

#27 선

아무리 친한 사이어도 '선'이
필요해. 일종의 관계 유지 방법이지.
내가 적정선을 잘못 그어
틀어져버린 관계가 한둘이 아니더라.

내 곁에
있어줘

가볍게 내뱉을 수 있는 말 한마디도 그 사람은 가벼웁지 않았고, 자기 감정을 내세우거나 승가쁘게 얘기하는 법이 없었어. 배울 점이 많았으니까. 곁에 오래 두고 싶더라. 꼭 연인으로서가 아니더라도 말야.

온 세상의 우울을 끌어안은 채로 지내다
사람들을 만나면 그것들을 속속들이 늘어놓기 바빴다.

병신이 되어가는 걸 부끄럼 없이 보여주면서.

#30 같은 아픔

그 일이 있었을 때, 백 마디 말 보다 나와 같은 아픔을 지닌 사람이 있다는 것에 큰 위로를 느꼈던 것 같아. 내 마음을 가장 잘 알 테니까, 그 사람도 나와 같은 시간을 겪었을 테니까. 적어도 혼자라는 생각은 안 들더라고.

때로는 상대방의 상처를
내 위로의 수단으로 삼는 것에 대해
미안한 마음을 느끼지만
같은 아픔을 지닌 사람은
서로의 존재만으로도 위로가 된다.

31

일렁일
필요 없어

감정을 공유할 수 있다는 건 참 좋은 일이야.
아무리 힘들고 우울해도 누군가가 그걸
알아준다는 것 자체가 큰 힘이 되잖아.

그래서 고맙다고.

#33　적당히
　　　나쁜 것

내가 손해 보면서까지 남들한테 착한 모습
보일 필요 없어. 나쁜 사람 되기 싫어서
호구처럼 살았는데 어차피 아무도
안 알아줘. 나 챙길 건 챙기고 거절할 건
거절하면서 적당히 나쁘게 살아야 돼.

가깝지만 먼, 멀지만 가까운 #34

기대하지 않았던 사람에게
위로받는다는 거, 나는 그게 그렇게
서럽더라고. 울컥 쏟아져서.

맞아. 가깝다고 생각했던
사람이 나에 대해 전혀
알고 싶어 하지 않을 때
실망감도 크고 섭섭해.

마음의 거리와 물리적인 거리가
비례하는 건 아닌가 봐.

#35 너무 많은 걸
       바라지도 말고

공감 능력이 떨어지는 사람하고는
정말 대화하기가 싫어.
어떻게 내 아픔을 그렇게 가볍게
받아들일 수가 있어?

공감할 만한 경험을
못 해봤겠지.
너무 열 내진 마~

상대방이 모든 아픔에 공감할 의무는 없어.
하지만 네가 마음을 터놓고 너의 치부를 드러냈음에도
그걸 가볍게 받아들이는 사람이라면
애초에 그 사람에게 많은 걸 바라지마.
딱 그 정도의 사람이니까.

바스락 　# 36

쉬운 사랑은 없다.
쉬운 관계도 없고 모든 행복에는
숨어 있는 애가가 있다.
알고 있으면서도 내 서른 마음은
자꾸 바스락거린다.

어리숙한 내 마음이 자꾸 꿈틀대는 이유는
아마 어렵고 힘든 이 관계들에게
갈증을 느끼고 있는 거겠지.

37 집중하기

누군가 때문에 초라해지기 싫다.
그러기엔 나는 너무 아름답고 소중하니까.
사랑하는 사람에게 더 집중하자.

나만 열심인 관계가 있다. 좁혀지지 않는
거리감에 안절부절못하며 무얼 어떻게 더
맞춰야 하는지 혼자 고민한다.
그러다 문득 초라한 내 모습을 느끼고는
다짐한다.
나를 사랑해주는 사람들에게나
더 잘하자고.

#*38*   너에게
           나의 존재란

어느 누구를 만나도 그 관계에 있어서
반드시 깨달음이 있기 때문에 내 인간관계를 고나리하는
  타인의 손가락질은 살며시 무시해도 된다고 생각하게 됐다.
내게 행복을 가져다 주는 사람과는
관계를 조화롭게 더 잘 유지하는
방법을, 내게 화를 입히는 사람 에게서는
적절한 거리를 두는 방법 혹은 관계를
끊어내는 법을 배울 수 있는 거고 이런 타입의
성향을 잘 파악해두었다가 나중에 비슷한 사람이
나타나면 애초에 내 사랑으로 두지 않을 수 있는
것이다. 그래서 나는 모든 연 하나하나를 내팽겨두지
않고 잘 파악하려 애쓴다.
대신 그만큼 감정 손모가 심한 것 같기도 하고…

PART

2_

이미
충분한
당신

#40 　로망

다른 곳을 보고 있어도
언제나 사랑스러운 눈길로 나를 바라봐주는

　　　　　그런 사람.

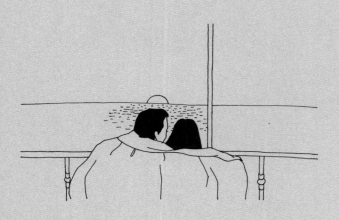

다른 곳으로 눈길 돌릴 새 없이
매 순간이 아름다운

그런 사람.

#41

진실 혹은
거짓

순간적으로 내뱉은 그 말이 / 사실은 / 아닌 척했지만 / 내 진심이었어.

#42 아픔의
절대성

결국 너도 나약한 존재라는 걸 잊고 있었다.
내가 아프다고 해서 네가 덜 아플 것은 감당해낼 수 있을 거라는
큰 착각을 했나 보다.
우리는 모두 나약하다.

사실 아픔은 절대적이다.
하지만 사람들은 자신의 아픔을 가장 크다고 느끼며
그것들을 모두 상대적으로 여긴다.
내가 이만큼 아프니 너는 그래도 덜 아픈 거라고,
그러니 충분히 견뎌낼 수 있다고.
알고 보면 모두 나약한 존재일 뿐인데.

#43   모든 연애의
         끝에는

끝을 두려워하는 사람들이 있다.
애처로운 관계에 질질 끌려다니고 있지만
행복했던 기억, 익숙함, 끝난다는 불안감 같은 것들에 둘러싸여
마무리를 짓지 못하곤 한다.
결국, 끝맺음을 했을지라도 새로운 시작에 대한 두려움, 낯섦,
타인에 대한 불신 등으로 더 나아가지 못하고
그 자리에서 의심하며 맴돈다.

끝은 새로운 시작이다.
모든 연애의 끝에는 깨달음이 남는다.
이를 발판 삼아 내 땅을 다져나가면
더 소중한 인연이 닿을 것이다.

#44   이중적인
        속내

날 좀 내버려뒀으면 싶으면서도
알아봐주길 바라는 멍청한 마음.

나 좀 내버려둬.
근데 마음은 알아줬으면 해.

나의 선의는 공짜가 아니야 #45

먼저 손 내밀기까지
수없이 많은 생각이 머릿속을 파고들었는데,
너는 나를 머릿속에 담기도 전에 밀쳐내는구나.
나의 선의는 공짜가 아니야.

#46   편한 침묵이
우리를 불편하게 만들었다

처음의 달달함과 설렘은
시간이 지날수록 사라지는 게 당연한 일이다.
몽실몽실한 설렘은 차차 단단해져
서로에게 가장 편한 익숙함으로 다가오고
그 익숙함은 어느 순간 상대를 당연하게 여긴다.
말하지 않아도 알겠지 하는 생각과 그로 인한 침묵은
우리를 길들이고 길들여서 멀어지게 만든다.
침묵에 길들여지는 건 아주 상당히 무서운 일이다.

#47 안개 같은

자욱하게 곁에 있어줬으면 해.
저 멀리서 반짝이는 너는 결국 내가 느낄 수 없잖아.

예전에는 어딜 가나 주목받는
무지개 같은 사랑을 원했는데,
이제는 잘 튀지 않더라도
자욱하게 곁에 느껴지는
안개 같은 사랑이 좋더라.
결국 무지개는 닿을 수 없거든.

#48 바보가 되고
싶을 때

왜 그럴 때 있잖아. 그게 얼마나 바보 같은 짓인지
알면서 혹시나 하는 마음에 기대해보는 거.
기대가 무너졌을 때 받을 그 큰 실망감을
어찌 감당할지는 모르겠는데, 지금은 그냥
바보 같아지고 싶어.
그냥 그러고 싶대. 내 마음이.

후회할 거 알면서도 저지르고 싶은 일이 있을 때는
그냥 바보가 된 척하면 된다.
길바닥에 쏟아져 있는 돌부리들을 가뿐히 다 넘겨버리면서
생각 없이 쭈욱 달려갈 수 있으니까.

감정의
함수

기대가 높아지고 바라는 게
많아지니까. 그 사람을 더
좋아한다는 증거지.

섭섭한 마음은
왜 생기는 걸까?

기대치와 서운한 감정은
비례한다.

우리가 어쩌다 이렇게 됐을까 # 50

내가 바보라서 외로움을 느끼지 못한 것도 아니고
네가 둔해서 지치지 않았던 것도 아냐.
그저 우린 익숙함에 속았을 뿐이지.
속을 게 없어서 이런 거에 아파하느냐마는
이젠 위로조차   서로에게 귀찮을 뿐.

이런 권태로움마저 귀찮을 시기.
익숙함에 또 한 번 속았다.

51   나보다 중요해진
너의 수많은 것들

나보다 우선순위가 높은 것들에 대해
이해하기 시작했다.
거기서부터 시작된 걸까, 처량한 내 모습.

차가워진 단어들의 온도
뜸해진 손길
더 이상 빛나지 않는 나를 향한 눈빛

그래,
이런 것들은 충분히 견딜 수 있었다.
가장 힘들었던 건
나보다 중요해진 너의 수많은 것들.

그리고 그걸 이해하려는
나의 처량한 모습.

#*52* 상투적이지만
상투적이지 않은

이안하면 충분해.

잘했어.

수고했어.

내겐 누구보다
최고야.

고마워.
단지 이런 거였어.
내가 단순히
원했던 그 말들.

네가
좋은 이유

나도 모르게 광대가 봉긋 올라갈 때.

#54 마음이 시큰시큰해

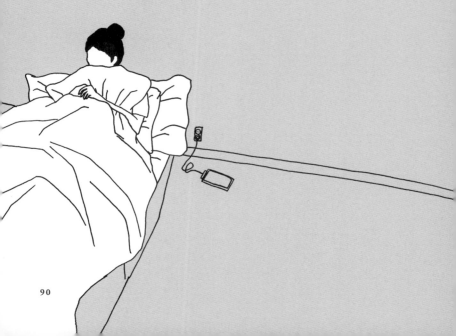

그때의 바람 냄새, 햇살의 온도, 네 웃음소리,
같이 걷던 거리.
늦은 밤 잔잔한 따뜻함 찾아와 마음속에서
휘몰아친다.

오늘도 난 네 생각에 마음이 시큰시큰하다.

#55 너한테만큼은

내가 되게 중요하고 꼭 필요한 사람이라고
천부지마냥 생각했었어.
근데 이 세상에 나 같은 사람은 많더라고.
아니, 거의 대복분이 그러잖아.
근데 그래도 너한테는 중요한 사람이고 싶어.

세상의 중심은 나라고 당연시 여기던 어릴 적엔
내가 굉장히 중요하고 모든 자리에 꼭 필요한 사람이라고 생각했다.
하지만 그 생각은 대부분의 생각이었고
주변에는 수많은 내가 존재했다.
그래도, 그래도 너한테만큼은 유일한 사람이고 싶다.
대체될 수 없는 사람이고 싶다.

#56 생각의 생각의 생각

생각이 한없이 많아진다.
그 생각은 꼬리에 꼬리를 물고
나를 이상한 구렁텅이로 몰고 간다.
자책의 구렁텅이.
원망의 구렁텅이.

사소한 말투의 차이도 예민하게 받아들여
불안해하고 혹시 나에게 화난 게 아닌까 걱정도
했어. 그런 작은 생각들이 끝없이 이어져서 혼자 우울해
하다가 결국엔 너에 대한 서운한 마음으로 변했지. 내가
쏟은 마음 보다 너의 마음이 한없이 작다고 느껴졌고 이러한
것들이 끝없이 반복되니까 혼자 지쳐 갔어.

그데 웃긴 건 결국 너에 대한 원망이 아닌
나를 자책하고 있더라 . 나 eu 이러지
혼자 뭐하
는 거지
하
면
서

95

#57 좋은 사람
있었으면 해

좋은 사람
만나고 싶다.

예전에 나를 설레게 했던 사람들은 외모가 출중한 사람,
키가 큰 사람, 듬직한 사람, 뭐 이런 외적인 것들이었는데
점차 내 마음을 잘 이해해주는 사람
나를 많이 생각해주는 사람
나를 바라보는 눈빛이 살아 있는 사람처럼
내적인 것들을 더 들여다보게 된다.
좋은 사람의 기준은 저마다 다르다.
하지만 절대적으로 좋은 사람은 내면이 건강한 사람이 아닐까.

그냥 내가 너무 좋아서 상관없을 줄 알았어.
근데 사랑이란 게, 어쩔 수 없는 이기적인 동물이라
내가 해준 만큼 돌려받기를 바라더라고.

그래 봤자 나만 섭섭하다는 걸 모르고 말이야.

내가 좋으니까 아무리 퍼줘도 아깝지 않고
마음이 가득 찰 것 같았는데
은연중에 피어나는 기대감 때문에 받을 걸 당연시하게 된다.
그 뒤엔 섭섭함에 아무 말도 못 하는 내가 보이고.

#59 하나의 단어로는
형용할 수 없어

은은하면서도 선명한 그 사람.
마음에 짙게 자리 잡아
시도 때도 없이 떠오르는 그 사람.

그 애를 떠올렸을 때 그냥 웃음이 났어.
아니, 사실 떠올린 게 아니라 저절로 떠올랐어.
아주 은은한 사람이야. 그런데도 선명해.

웃을 때 입꼬리가 죽 올라가는 건
또 얼마나 예쁜지 프리지아 향기도
나는 것 같아.

그 감정들 차곡차곡 모아뒀다가
그 사람에게 전해줘. 좋아할거야.

#60 그리움의
시간, 장소, 상황

아득한 새벽녘 빗소리에 눈을 떴는데
푸르스름한 공기가 날 감싸고 있었고,
익숙한 방 풍경이 낯설게 느껴졌어.
공허해서 이불 속으로 더 깊이
파고 들었어. 네가 그리워서.

버스 정류장 앞 흐드러지는 라일락
향기에 발걸음을 멈춰 섰어. 내게
라일락 향기는 너라 함께 걸던 서늘한
밤거리를 떠오르게 하거든. 그리고는
한참을 앉아서 젖어 있었어. 네가 그리워서.

#61　뜻밖의 고백

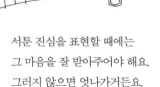

이 세상에서 제일 중요한 건
어떻게 하면 내가 정말 나다워질 수 있는가를
아는 거래. 그동안 내색은 안 했지만
난 너랑 있을 때 가장 나다운 것 같아.

서툰 진심을 표현할 때에는
그 마음을 잘 받아주어야 해요.
그러지 않으면 엇나가거든요.

그 남자의 팔불출   #62

남자 때문에 하루에도 기분이
몇 번씩 왔다 갔다 하고 행동
하나하나에 안절부절못하던 네가
한때는 되게 유별나다 생각
했었는데 어느 순간 보니까
내가 그러고 있더라.
그 여자 대단하지.

#63 아플 자격

언젠가부터 서로의 마음이 다른 길로
향하고 있다는 게 피부에 와 닿게
느껴졌어요.
그런 저의 애처로운 모습을 어쩌다
거울로 보게 됐는데, 그게 어쩌나
안쓰럽던지 안아주고 싶었어요.

그래도 청승맞다고 생각하진
않아요. 우리 모두 아플 자격
있는 사람이니까요.

아플 자격,
덜 아플 자격,
아니 더 아플 자격.

짧은 위로　　# 64

#65 이미 늘어져버린 관계에
아무리 물을 준다 한들

쉽게 말을 내뱉지 못하는 모습이
그 질문의 답이 된 건가 생각했다.
사랑이지 않았을까 아니, 어쩌면 정말 의무감이었나.

#66 응,
사랑해

매일 확인받고 싶은 말.
아무리 들어도 질리지 않는 말.

#67   애쓰지 마

근데 또 불행한 기억들을 굳이 끄집어내고 싶지가 않다.
이럴 땐 아무 생각 하지 않는 게 답일까.

#*68*   답정너

답은 정해져 있고
너는 대답만 하면 돼.

내가 너한테 울분을 토하며 말하는 일도, 시시콜콜한 이야기도 모두 다 내 말이 맞다고 해주면 돼. 그냥 누군가에게 내가 한 판단이 맞다고 듣고 싶었을 뿐이니까.

녹아내리는 중

내가 놓는 순간 우리는 끝이 날까 봐
구차하게도 계속 붙들고 있었어.
너가 없는 우리의 관계는 늘
나만 간절했나 봐.

나는 느꼈어, 너의 그 힘 빠진 손을.
내가 놓으면 너무나도 쉽게 놓아질 걸 알아서
끝까지 붙들고 있으려고.
너는 뿌리치지만 않으면 돼.

#71 있을 때
잘했어야지

못 해준 것만 생각나는 건
내가 그의 소중함을 몰라서였던 걸까
아니면 그냥 내가 못났던 건가.

이러나 저러나 이게 와서 후회한들 무슨 소용이야.

#72 정말 이기적이지만
사랑은 이기적이기도 하지

친구들을 만난다며 연락이 늦는 너를 기다리면서
나 없는 곳에서 행복하게 웃는 너를 상상하니 괜스레 질투가 났어.
그렇게 연락에 더 집착하게 되고
오직 나만이 너의 행복의 이유였으면 하는 마음이 자리 잡았어.
이기적이라고 생각 안 할게.
그저 너를 향한 마음이 커서 그런 것일 뿐이니까.

#73 그때의 네가 아닌 그때의 나

작은 것에 설렘을 느끼던 내 모습,

그때의 두근거림,

광대가 내려올 틈이 없었던 행복했던 그 순간들.

결국, 나를 그리워하는 중.

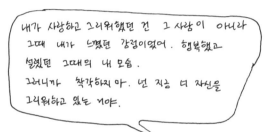

내가 사랑하고 그리워했던 건 그 사람이 아니라
그때 내가 느꼈던 감정이었어. 행복했고
설렜던 그때의 내 모습.
그러니까 착각하지 마. 넌 지금 더 자신을
그리워하고 있는 거야.

#74 옆에
있기만 하면 돼

다 쓸데없는 변명일 뿐 정작 나를
생각해주는 말은 아니었다.
내가 원한 건
단지 미안하다는 한마디와
포옹이었는데...

그게 그렇게 어려웠던 걸까.

#76 사무치다

보고 싶다.

너 없는 하루하루가 조용히 허우하다.

시간이 #77
흐르기 전에

시간은 참 얄쭉해서
사이의 빈틈이 길어질수록
마음 전하기가 힘들어라
미안함이든 사랑이든.

더 늦어지기 전에
우리 얼른 마음 전하러 가요.

#78 가려진 마음은 진심일 가능성이 크다

화가 나면 진심은 가려진다. 어떻게 하면 상대방을 더 아프게 할지에 대한 생각으로 머리가 가득 찬다. 그리고 진심을 담은 마음은 저 멀리 밀려난다. 내가 내뱉은 말은 결국 나를 상처 입히고 멍들게 한다.

사랑하는 사람일수록 진심을 가려서는 안 된다.

그런데, 그게 매우 힘들다.

그 모든 말은 결국 나 자신을 멍들게 했다.
상처를 짓누르고 있는 줄도 모르고
난 계속해서 진심을 가렸다.

#79 화해의 장

아까는 미안했어.
진심이 아니었는데 화가 나서 일부러
아픈 말을 했던거야. 옆에 있어 주니까
네 소중함을 망각하나 봐. 더 조심할게.

고마워. 그래도 넌 소중해.

온전한 나를
사랑해주세요

#80

자꾸 좋은 모습만 보이려고
나를 꾸미니까 결국에 그 사람
앞에서 나는 진정한 내가
아니더라. 그냥. 진실된
나를 보여줘도 날 여전히
사랑해줄 그런 사람이었으면
좋겠어.

#81

오롯이
너와 나만의 시간

온전히
나를
위하여

#82 그렇고
말고

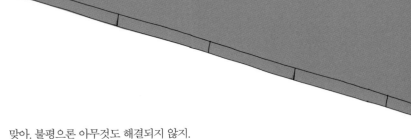

맞아. 불평으론 아무것도 해결되지 않지.
안일한 내가 되지 말자.

83 노력형
      인간

그렇지. 좋은 것에 더 집중할 순
있어도 아예 안 볼 수는 없지.
그래서 노력이 필요한가 봐.
긍정적인 내가 되는 노력.

사소한 물음에도 내 대답엔 가시가
서려 있었다. 의무적인 말도 성가신
이 시기. 휴식이 필요하지만 내겐
사치란 걸 알기에 온 몸에 돋친
가시에 더욱 힘을 주어 주변을
밀쳐낸다. 아무도 다가올 수 없게.

그래서 내 주변엔
상처에 핏물을 뚝뚝 흘리는
사람들밖에 남지 않았다.
멍청이.

#85 모두가
그렇잖아요

사람들을 보면 나와 다른 세상에서
살고 있는 것만 같다. 때 나는 이 길을 택해서
혼자 외로운 싸움을 하는 걸까
내가 걷고 있는 이 길이 정말 옳은 걸까.
하루에도 수십 번 수백 번 고민하고
마음을 다잡길 반복한다.

하지만 결국 내가 붙들어야
할 것은 잘 될 거라는 믿음,
그리고 날 믿어주는 사람들.

외로운 싸움.
나 혼자만의 고통인 것 같지만 알고 보면
모두의 공통적인 외로움.

#86 흐트러진 감정을 제자리에 두는 법

나는 자주 그랬다.
사사로운 감정에 휩쓸려 정작 해야할 일을 바로 보지 못했고
세상에서 내가 제일 불쌍한 사람이 된 양
주변에 벽을 쌓아 두었다.
그렇게 흐트러진 감정을 제자리에 옮기란 참 쉽지 않다.
이럴 때, 좋아하는 노래를 들으며 글을 쓰거나
혼자 영화를 보러 간다든가 어두운 공원에서
산책을 하면   어질러져 있던 머릿속이
하나둘씩   정리된다. 다들
                              이렇게 극복해
                              나가는 거겠지

나를
사용해주세요

87

그 자리에 꿋꿋하게 서 있을 테니 나를 사용해주세요.
내가 필요한 그 자리에 다른 누가 아니라
내가 자리 잡고 싶어요.

#88 내가 아닌
나

'너는 편견 없이 사는 사람이잖아.'

'그래도 사랑들 앞에서 당당할 수 있어 보였다.'

솔직히 말하자면 어떻게 행동해야 할지
몰라서 그런 척했을 뿐인데
나를 못 이긴 거짓말이
정말할 줄만 알았던 내 정신에
금을 그어버렸다.

내게 거짓말을 종종 한다.
마음에서 하는 말과 입 밖으로 나오는 말은 현저하게 다르다.
그렇게 나는 내가 아닌 나를 또 만들어낸다.

#89

그렇게 또 늘었다.
그저 그런 하루

분명히…
분명히, 열심히, 충분히
알차게   보냈다고 생각
했는데
왜 기억에 남지
않는 거지.
그냥 그저 그런 날이
하는 더 늘기만 했어.

시간이 / 빠르게 / 흐르는 / 이유

#90 기분이 태도가 되어서는 안 된다

사람 마음이란 게 참 간사해서
매번 나 좋을 대로 생각하고 받아버린다.
그래서 단순하게 생각할 것을 복잡하게 받아들이고
신중해야 할 일을 가볍게 여긴다.
내 앞에 놓인 것들의 경중을 잘 따져야 하지만
단지 내 기분에 따라 좌지우지되는 일이 빈번하다는 것이다.

단순한 건 단순하게 신중한 건 신중하게.
그 정도를 잘 파악하는 게 몹시 어려운 일이지만.

#91 나도 좀 행복하면
안 될까요

이제 좀 행복해지려고 하는데
주변의 수많은 관심.
부담스러운데.
달갑지 않은데.

Time to rest   *#92*

조금 느리게 흘러가도 될까
쉴 새 없이 달려와서 나 많이
지친 것 같은데…

스스로가 정말로 지쳤다고 생각이 들 땐 멈추거나,
아주 천천히 가야 한다.
안 그러면 어디 한 곳이 고장 나버리니까.

빈곤한 나를
발견하고

그 때를 다시 생각하고 싶지는 않지만
값진 시간이었던 것 같아요.
제 자신이 얼마나 빈곤했는가를
깨달았거든요.

뭐라도 깨달은 게 있다면
값진 경험인 거겠죠.

공허함의 이유를 찾으려 애써도
자꾸 동굴 속으로 들어갈 뿐이다

아무리 소리쳐도 웅웅 울리기만 할 뿐
좀체 밖으로 나가는 법이 없다.

누구나 자신만의 동굴이 필요하다.
하지만 계속해서 깊숙이 들어갈 필요는 없다.
적당한 때에 햇빛을 봐줘야 한다.

151

#95 그 이름
청춘

내 젊음.
사치스러운 시간을
즐길 수 있는 까닭.
젊음.

오늘은 짧은 하루를 보내고 싶어 신선한
달걀과 두부 한 모, 대파를 샀다.
기름을 두르고 분주하게 요리를 하다 방 안을
가득 채운 음식 냄새에 창문을 활짝 열어
신선한 바람이 머리칼을 흩트린다.
좋아하는 음악을 틀고 고슬고슬한 밥도 지었다.
소박하지만 뭔든 방상 언저리에 나의 청춘이
흘러간다.
그렇게 나는 살아 있다는 느낌을 받는다.
조금은 수고스럽지만 이 젊음을
즐겨야지.

울적한 마음을 자꾸 채우려 하다 보면 어느 순간 허무함이 찾아온다.
하지만 그것 또한 내 삶의 일환이라 생각하고 받아들인다면,
어쩌면 마음의 무게가 줄어드는 것 같기도 하겠지.
그저 흘러가듯이 말랑하는 사람의 마음에는 따사로운 햇살만이
존재할 거야. 내 가슴에도 그처럼 뜨겁지도 미지근하지도 않은
적당히 따사로운 햇볕이 들었으면 해.

햇살의 따사로움.
그 적당한 온기.

#97 결국,
괜찮아진다

혼자 있는 시간이 길어질수록
대개 좋은 생각보다는 우울하고
부정적인 것들로 머리가
가득 차게 된다. 그럴 때일수록
어두운 파도에 휩쓸리지
않게 마음을 잘 다스려야
한다. 결국 괜찮아질 거니까.

어떤 것이든 결국, 괜찮아진다.
그걸 늘 생각해야 한다.
괜찮아질 것이다.

#98 목적지

허공의 무언가를 쫓아
열심히 달려가고는 있는데 가만히
생각해보니 그건 내 것이 아닌 다른
누군가의 꿈이었다. 달리기 전에
목적지를 분명히 해야 했는데...

당신은 / 당신의 / 목적지를 / 알고 / 있나요 / ?

#99 　내 마음대로

마음 가는 대로 한 거야. 그저 내
마음이 더 기우는 쪽으로.
다른이의 경험도, 시선도, 그
어떤 것도 신경 쓰지 않을 거야.
이제는 내 인생 내가 살기로 다정했어.
그러면 후회 없이 더 행복할 수
있을 것 같거든.
그저 마음가는 대로.

내 삶을 왜 내 마음대로 살지 않았을까.
왜 끊임없이 다른 사람에게 물어보았을까.
매일 후회 속에 살며 왜 이렇게 남을 의지했을까.

사람들이 세워 놓은 세상의 잣대에 홀려 내게 맞지
않는 옷임에도 불구하고, 욕심에 눈이 멀어 억지로
입은 적이 있다. 결국 얼마 지나지 않아 내 몸에 맞지 않은,
분수에 넘치는 옷이라는 걸 알게 됐을 때 허무함이 휘몰아쳤다.
결국, 내가 갈망하는 것이 아닌 세상이 부러워하는 옷을
찢어진 것도 모른 채 자랑스레 걸치고 다녔던 것이다.
내가 입었을 때   나를 가장 빛나게 해줄 옷,
                                          그런 옷을 입어야겠다.

그가 입은 옷이 아무리 예뻐 보여도
내가 입었을 때 찢어져버리면 그게 무슨 소용인가.
내가 입었을 때 가장 아름답고 빛나는 옷.
분명히 있다. 그 옷.

#101 방 안의, 밤 안의 나

불 끄고, 눈 감고, 익숙한 이불, 냄새 맡으며
잠을 기다리지만 머릿속에는 차가운 빈 공간이
흘러간다. 문득 내가 내 삶을 살고 있는지,
잘 살고 있는 건지, 차가운 빈 공간을
먹먹함으로 메운다.

나는 라면 잘 하고 있는 걸까.

차가운 빈 공간은 때때로 어두움으로 나를 덮쳐온다.
초조해지는 내 마음을 비웃기라도 하듯
더 크게 입을 벌려 나를 집어삼킨다.
먹먹함으로 메꾸기에는 너무 커서
적나라하게 그것을 받아들일 수밖에 없다.
의연함으로 메꾸는 연습을 하자.

#102 유일무이한
나라서

어딜 가나 사랑받는 사람들을 보면서 질투 아닌 질투도 나고 동경의 대상이기도 하면서...그냥 내가 되게 초라해 보였었어. 근데 있지, 아무리 비싸고 좋은 물건이라도 말이야, 아주 작은 부속품 하나가 없어지면 그 기능을 제대로 하지 못하더라. 나는 내가 아무도 알아주지 않는 작은 부속품인 줄 알았는데 나름의 내 역할이 있었어. 그걸 알기까지가 좀 힘들었는데 지금은 내가 자랑스럽기까지 해.

나는 대체재가 아니니까.
1,892번째 부품이더라도 이제는 행복할 수 있어.

네 인생의 사공은 너
하나면 충분해. 사공이
많으면 배가 산으로
간다고, 그냥 키 달고
너가 갈 데로 가.
그게 냇물이던
강이던 적어도
산으로 가지는
않을 거야.

작은 나룻배에 쓸데없이
많은 사공을 두고 있었다.
산으로 가는 줄도 모르고.

#104 편한 대로 생각하기

작은 것에 연연하지 않기

순수한 눈빛의 사람을 사랑하기

요즘의 것들을 너무 오래 담지 말기

마음에 없는 웃음이나 단어를 내뱉지 않기

부모님께 연락드리기

사근사근한 목소리에 귀담아주기

그리고 나를 더 사랑하기.

#106 불편한
합리화

생각보다 사랑들이 되게 열심히,
그리고 잘 살아가는 것 같아서 나는 또
얼마나 뻐뚤어졌던지 그깟 게 뭐라고
상대적인 박탈감을 느끼고 왔고.
'내가 이만큼은 하지' 라면서
애잔하기만 한 자기 위로라 변명만
늘어놓고 있고.

내가 부족한 건 생각지 않고 애써 모르는 척하며
불편한 위로를 자신에게 건넨다.
그렇게 더 작아지는 줄도 모르고.

뜬눈으로 지새우는 밤이 무서운 건 걱정거리가
많아서일까. 잘 살아가지 못한다는 자책감일까.
내 삶의 행복이 물질적인 풍요로움이 아니라는 걸
잘 알기에 어두움이 더욱 짙어져 간다.
무언가를 얻기 위해서는 반드시 포기해야 할 것 또는 안고 가야 할
또 다른 아픔이 있다는 걸 잊은 채 요즘 너무 행복하게만 산 것 같다.

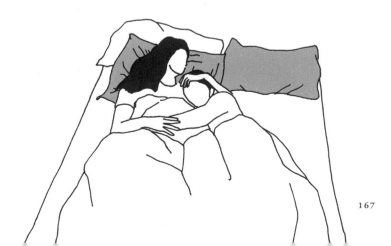

#108 완벽주의의 고달픔

가끔 널 보면 정말 피곤하게 사는 것 같아.
아무도 신경쓰지 않는 의무감에 빠져서
자꾸 스스로를 지치게 하더라.

이게 알면서도 안 고쳐지고 막...
나도 안순하게 살고 싶단 말이지.

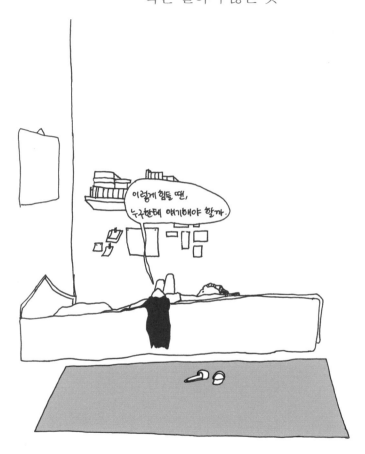

친구도 애인도 가족도 나를 이해할 수 없을 것만 같은 때가 있다.
그럴 때면 어쩔 줄 몰라 마냥 힘들어하며 주위에 벽을 쌓는다.
어차피 너는 나를 모를 테니 그냥 이렇게 내버려두라고.

#110 나도
정답은 아니다

매번 내가 피해자가 된 것처럼 불편함을 토로하는 내게
진정한 친구는 이렇게 말했다.

네가 틀렸을 거라는 생각은 한 번도 안 해본 거야?

그때의 상처는 #111
나의 어리숙함일지도 몰라

뜬금없이 과거에 상처받았던 일이
떠오르면서 얼굴이 화끈거렸어
어렸던 내 마음이 부끄럽더라고...
맞아. 어렸지.

어린 나를 돌이켜보는 건 늘 화끈거리는 일.
그래도 순수하고 당차던 나를 꺼내어 본다는 게
마냥 부끄러운 일만은 아니다.
가끔은 나 꽤 괜찮았네라고 생각이 들 때도 있으니까.

#112 나도 알고 있는 내 모습을 찌르지 말아줘

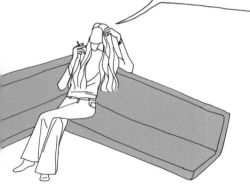

그런 기분 알아?
내가 감추고 싶고 숨기고 싶은 부분들을
너무나도 정확히 콕 집어내서 괜히 화나는 거.
실은 나 자신이 가장 잘 알고 있어서
누구한테 들키기 싫었는데 적나라하게 들통난 거지.
비참한데,
밑바닥까지 보일까 봐 너무 두려워.

가끔 마음을 꿰뚫어보는 사람이 있다.
애써 숨기고 있던 내 수치를 적나라하게 드러내며
나를 빈곤하게 만들고 비참하게 만든다.
이 와중에 내가 가장 두려운 것은 그런 내 모습을 보고
나에게 질릴 사람들의 모습.
내 밑바닥까지 사랑해줄 사람이 과연 얼마나 있을까 하는 초조함.

#113   내려놓음

어리석게도 마음이 허할수록 결과들에 집착하게 된다
본질적인 것을 채우려 하기보단 내가 어떻게 보일지에
온 신경을 쏠리는, 있어 보이게끔 치장하기 급급하다.

그리고는 나보다 잘난 사람들의 피드를 둘러보며 더
화려하게 꾸미지 못한 자신을 나무란다. 편안하고 여유있게
살아가는 휴대폰 화면 속 지인들이 부러워 열등감 속에서
허우적대기만 했다.

나를 내려놓는다는 게 결코 쉽지 않은 것 같다.
조금 더 솔직해질 필요가 있다.

나는 아직 나에게 거짓말을 하고 있는 것 같다.

#114 불편한 기대

어쩌면 최악의 상황을
기대하고 있는지도 모르겠다.
그런 일이 일어났을 때,
'거봐. 내가 이럴 줄 알았어'라며
자신을 더 확실한 패배자로
만든다.

왜 나는 나의 불행을 확신할까.
그리고 그 예감은 왜 틀리지 않을까.

포기 금지, 의심 금지 #115

시도하기도 전에 손에서 떠나보낸 것들이 얼마나 되는가.
손에 쥐고 나서도 불안에 떨며 나를 믿지 못하고
아등바등했던 것들은 또 얼마나 많은가.
이왕 한 거 포기하지 말고 뜨겁게 불태우는 건 어떤가.

#116 노래 속의 나,
그 시절의 나

특정 과거를 떠올리게 하는 노래가 있다.
그때의 분위기, 냄새, 온도, 나의 심리 상태.
되돌릴 수는 없지만 아직 그곳에 있는
것처럼 느껴지기도. 어떨 때는 너무 아련해.

우연히 수험생 시절 자주 듣던 노래를 들었을 때
나도 모르게 인상이 찌푸려졌다.
스무 살의 겨울, 대학 동기들과 함께
매일 불렀던 성시경의 〈연연〉을 들으면
가슴이 몽글몽글해지며 마치 신입생 때의
어리숙한 내가 된 것 같은 느낌도 든다.
이렇듯 마음을 먹먹하게 만드는 노래도 있고
설레고 간지럽게 하는 노래도 있다.
딱히 무얼 더 사랑한다는 건 아니다.
나는 그 노래뿐만 아니라 그 시절의 나를 사랑한다는 것이다.

#117 이미 가진 것에
대한 감사

나는 어려서부터 오렌지주스를 좋아했다.
근데 꼭 친구가 받는 포도주스가 탐이 나 욕심을 부리며
오렌지주스에 포도주스를 넣어달라고 떼를 썼다.
맛이 없어질 거라는 선생님의 말씀에도 고집을 부리며
결국은 두 주스를 섞어 마셨다.
물론 맛은 없었고 자존심에 억지로 맛있는 척하며
주스를 끝까지 다 마셨다.

좋아하는 걸 가졌으면서도 더 가지지 못해서
혹은 남이 가진 것이 탐이 나서 어리석은 행동을 줄곧 했다.
어렸을 때도 지금도. 감사하는 삶을 살면 좀 나아지지 않을까.
내가 이미 가진 것에 대한 감사함.

그냥 갑자기 그런 생각이 들더라고.
가질 수 없는 것에 너무 연연하지 말고
그냥 이이 내가 가진 것에 감사하면서
소중히 하는 게, 그게 나를 더
값진 사람으로 만드는 게 아닐까 하는...

요즘 딴하네?
무슨 심경의 변화가 있었길래?

#118 간사한
         본성

잘 본 시험은 코피를 흘리며 밤을 지새우고 몸이 상해도
아주 의미 있고 값진 경험이라고 느끼고,
못 본 시험은 어떤 걸 해도 후회가 되며
그 시간을 한숨으로 마무리 짓는다.
결과가 중요치 않다는 걸 머리로만 아는 어린 나의 모습.
마음으로는 언제쯤 알 수 있을까.

결과가 나쁘면 그 일은 좋지 않은 기억으로 남게 된다.
아무리 웃고 행복했을지라도 .
결과가 좋으면 힘들고 고된 일을 했더라도 다 보람차고
나를 성장시켜준 좋은 경험이라고 기억하게 된다.
나는 뭐 이리 감사한 걸까.

#119 나의
권태로움

사람이 싫증날 때 곰곰이 생각해보면
언제나 그 원인은 나였다. 결국 내가 못나서.
사람들은 언제나 내게 한결같았지만
내 마음이 사소한 것으로 요동치는 바람에
혼자 권태기가 와버린 것이다
이럴 때일수록 흔들리는 마음을
잘 다독여줘야 한다.

어떤 연유에서인지 관계에 회의감이 들 때가 있다.
주변을 탓하며 싫증의 원인을 찾지만
알고 보면 나의 권태가 문제였던 것이다.
부끄러워하지 말고 나를 잘 다독여주어야 한다.
흔들리지 않게 굳건히.

나는 무려지는 게 싫어.
슬픈 일이 있어도 슬퍼하지 말라고 나를
세뇌한 거잖아. 어쩌면 마음이야
편할 수 있지만 나는 그냥 울고 말래.
안 그러면 마음대로 슬퍼할 수도 없는
내가 너무 불쌍해져.

#121 공허한 바다

나도 그래. 괜찮다가도 어느 순간 깊은 생각에 빠져버리면 그 순간 물 속에 들어가 있는 것처럼 한없이 공허해져.

시끌벅적한 사람들 틈에 있다가도 혼자가 되면 어딘가 허전하고 외로워져.

그런 인터뷰를 봤다.
아주 인기가 많은 유명 연예인들도
수만 명이 모이는 콘서트를 마치고 집으로 돌아오면
공허하고 한없이 허무한 느낌이 든다고 한다.
한없이 공허해지고 외로운 그 느낌.
시끌벅적한 소리가 귓가에는 윙윙대며 맴도는데
내 몸은 외로이 공중에 떠 있다.
홀로 떠 있는 나를 끌어내려줄 그 무언가는 결국 사람들인가,
또다시 시끌벅적해진 그 공간인가.

#*122* 여행

여행, 진실한 나를 마주할 수 있는 시간.

어쩌면 나는 여행을 좋아하는 것보다 여행을 간 내 모습과 그 살랑이는
마음을 더 원하는 것 같다. 어딘가로 떠나게 되면 어디서 나왔는지 모를
자신감에 평소에 입지 않던   화끈한 옷도 입어보고
비스듬한 풍경을 봐도 괜스레   카메라를 한 번 더 꺼내 들고
그 여유로움에 심취해 일상으로   돌아가더라도 무엇이든
할 수 있을 것만 같고.   이런 나를 마주하고 싶다.
                                 괜한 것에 두근거릴 수 있는
                                 나를.

마르쿠스 아우렐리우스가 그랬대.
" 만약 어떤 일로 고통을 받는다면
이 고통은 자체가 아니라 그 일을 바라보는
자신 때문에 일어나는 것이다. 그러므로
당신은 고통을 언제라도 없앨 힘을 갖고 있다."

이유 없이 불안한 건 없어.
네 내면 어딘가에서 계속 울부짖고 있는 거야.
알아봐달라고 혹은 그 두려움과 얼른 마주해서
좀 굴해달라고. 사실 네가 더 잘 알고 있잖아.
모르는 척할 뿐이지.

#125 결점도
결국 나 자신

너의 결점들까지 결국 전부 너야.
부정하려 하지 않고 포용한다면
더 값진 너를 찾을 수 있겠지.

나를 이루고 있는
모든 부분들을 포용하고
사랑해주어야지.

겁이 난다고 해서 에둘러 말할 필요따윈
없었다. 다 드러낸다고 해서 누가 날 가엾은

사랑으로

정작 그

그늘 뒤에

숨어 있을

여길까

자신도 어떠한

애처로이

텐데

PART

4_

결국,
인생이란

#127 더 나은
나를 위해서

내 삶이 승승장구하며 술술 풀리는 것도 아닌데,
그냥 조금 좋은 일이 있고 원하던 일에 작은 진전이 있었을 뿐인데,
어떻게 알고서는 열등감을 내비치는 사람들이 있다.
그럴수록 생각한다. 더 열심히 하자고.
그래서 더 배 아프게 만들자고.
나는 더 잘날 수 있다고.

#128 내가 바라는 삶

보여주기 식의 삶은 딱 질색이기 때문에 하는 노력.
내가 진짜 즐길 수 있는 것,
흥미를 느끼며 삶의 활기를 불어 넣어주는 것들을 실천하기.
매일매일을 그렇게 살고 싶지만 그럴 수 없는 나를 위해
가끔이라도 충전을 해주어야 한다.

가장 소중한
것부터

조금 소홀해졌다고 슬금슬금 나를 떠나고 있던 것들.
모든 걸 붙잡을 수 없으니 가장 소중한 것부터
꽉 붙들어 놓치지 말기.

요즘은 슬픈 일투성이라
무얼 어디서부터 붙잡아야 할지
모르겠어. 꽉 쥐고 있다고 생각
했었는데 돌아보니 어느새
슬금슬금 내 곁을 떠나고 있더라고...

가장 붙들어야 할 게
무엇인지 잘 생각해봐.

#131 그 밤의
나

다 잘 해내고 싶고 열심히 해보고 싶은데
막상 현실은 그러지 못해서 자꾸 작아진다.
매일 밤 지그시 눈 감고 생각하는 건
하루에 대한 후회와 잘못.
사람들은 아마 내가 이렇게 사소한 걱정으로
매일 불안해한다는 걸 모르겠지.
그렇게 나는 아무것도 준비되지 않은
다음 날을 또다시 맞이한다.

그 밤에, 평이한 내 밤에 가장 자주 들르는 마음.
그리고 어쩌면 사소하지 않은 걱정거리들.

#132 두려움은 합리화를
가장 빛나게 해준다

많.은.사.람.들.의.합.리.화.

#*133* 하루는 길고
일 년은 짧아

수업이 또는 회사가 언제 끝나는지 시계를 보고 또 보고.
그 순간순간은 너무나도 지루하고 길다.
아이러니한 건 매번 똑같은 지루함에
일주일, 한 달, 그리고 일 년은 아주 짧다.
그날이 그날인 것처럼.

매번 똑같은 일상에 하루하루는 눈에 다
담길 정도죠 더딘데, 달력은 오든 낱짜를 담은 것이
　무색할 정도죠 훌빵 찢어져.
　이러다 아무것도 남는것 없이 내 인생이
끝나버리는 건 아닌가 몰라.

#134 잠깐만
멈춰줘

딱 좋다.
이 온도, 바람의 결, 거리의 분위기.
공기가 나를 감싸는 느낌까지.

모든 것들이 완벽한 그 타이밍.
시간을 멈추고 싶을 때.

내가 밟는 곳이
길이 되는 거야   #135

완벽을 추구하는 이 세상.
그 안에 꼭 갇혀 섣불리 발을 내딛지 못하는 사람들.
한 발짝 정도 어설프게 내디디면 뭐 어떤가.
길은 어디에나 있다.

#136 악마 같은 밤

밤은 그저 해가 사라진 것뿐인데
이토록 나를 강렬하게 만든다.
그리고 위기적하게.

어쩌면 이 악마 같은 밤이 나를
조금씩 갉아먹고 있나 보다.

그래서 나는 서서히
사라지고 있나 보다.

지금 맞닥뜨리기 싫어 피했던 그 문제는
언젠가 다시 찾아타 괴롭힐 거야.
당장 해결하지 않아도 된다고 해서
잊고 있진 마. 나중에 더 크게 다가올 수도
있거든.

#138 뜨겁게
더 뜨겁게

내가 하고 싶은 건 따로 있으니까
이건 그냥 임시방편이니까 하는 생각으로
많은 경험을 미적지근하게 받아들인다.
더 뜨겁게 한다면, 어쩌면 무언가 달라지는 게 있지 않을까.

#139 가슴을
간질이는 것들

내 삶을 주체적으로 살아가는 게
아니라 그냥 하루하루 무언가에
끌려가듯 어거지로 살고 있는 느낌이야.

어쩐지 나도 끌려다니고 있다.
이리저리 세상이 시키는 대로.

편하게
산다는 건

편하게 산다는 게
아무렇게나 산다는 건 아닌데
아무렇게나 사는 건 편하지.

#142 삶의
지침서

부모님 말씀은 틀린 게 하나도 없어
언제나 내 삶의 지침서가 된다.

사랑하는 딸아

~ ~ ~ ~ ~ ~ ~ ~ ~
~ ~ ~ ~ ~ ~ ~ ~ ~ ~
~ ~ ~ ~ ~ ~ ~ ~ ~ ~ ~
~ ~ ~ ~ ~ ~ ~ ~ ~ ~ ~
~ ~ ~ ~ ~ ~ ~ ~ ~

길을 잃었다면 마음껏 방황하다가
네가 서 있는 그 자리를 새로운

출발점으로 삼으렴. 그곳이 어디가
되었든 넌 잘해낼 거라
나는 믿는다.

#143 그냥 하기 싫어서
불평하는 건 아니고?

수많은 일에 합리화하는 내게
마지막에 꼭 하는 말.

#145 난
욕심쟁이인가 봐

반복적인 일상에 신물이 난 걸까, 가끔 그럴 때가 있다.
무얼 위해 사는지 모르겠고 재미없고 따분하고.
그러면서도 변화는 두려워하는 나를 보며
참 그릇이 작구나 하는 생각이 든다.
그럼 결국 난 요만큼의 삶을 즐기는 거겠지. 그러긴 싫은데.

#146 보내주는 마음

> 잡히지 않는다 해서 너무
> 꽉 쥐고 있으려 하지 마.
> 아마 그건 네 것이 아닌 거야.
> 서두르지 말고 욕심내지 말고

내게서 떠나려는 것에 대해
쿨하게 떠나보낼 수 있는 마음

#147 인생이라는 상자의 내용물

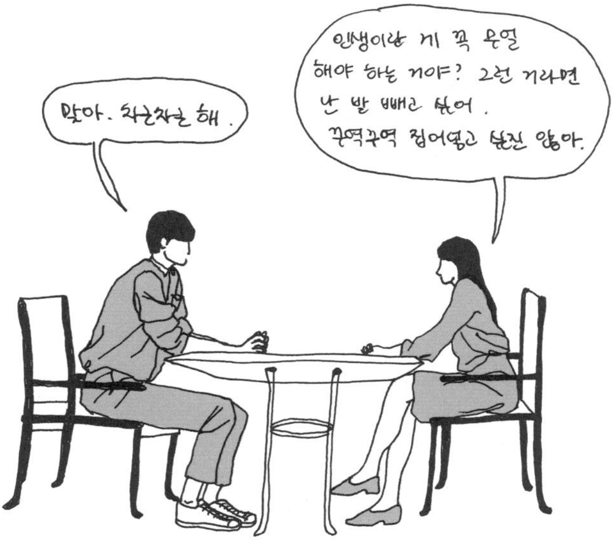

아무거나 꽉꽉 채우기보단
무엇으로 채우느냐가 중요하지요.

#148 감당할 수 없는 건
없다

좋아한다는 거 하나만 믿고
무턱대고 덤볐다간 내가 감당할 수
없게 될까 봐 시도조차 못 했는데,
한 번 사는 인생 그래도 하고 싶은 일은
해봐야 하지 않겠냐며.
엄마가 그랬어. 내 의지대로 살래.

늙어서 못 해본 것에 대한 후회 〉〉〉〉 해봤지만 나와 맞지 않는 것에 대한 후회

#*149* 행복의
상대성

#150   아픔의 한계

　사실은 별게 아니었단 걸, 끙끙대며 깊이 생각할
일이 아니었단 걸, 그때는 몰랐다.
　내가 제일 초라해 보였고 가장 비참하고 힘든
존재인 양 세상의 모든 먹먹함을 끌어안은 채
지냈지만 알고 보니 그건 참을 수 있을 만큼의
고통이었다. 어쩌면 견딜 수 없는 아픔은
애초에 내게 주어지지 않았던 거다.

펼쳐진 일기장

새벽은 어쩜 이리도 나를 감성적이게 만드는지 모르겠다. 방에 누우면 끊임없이 흐르는 생각과 감정들을 잊어버리기 싫어 책상의 스탠드를 켜고 글을 쓴 지 어언 2년. 솔직한 마음들을 곧이곧대로 써내려가고 끊임없이 곱씹으며 나를 알아갔다.

가장 크게 웃었던 순간, 그때 나의 표정, 상처받았던 말과 그때 나의 표정, 대화할 때의 태도, 오늘의 마음가짐, 오랫동안 내 시선을 끈 그 무언가. 그리고 나를 둘러쌌던 그 모든 것들에 대하여….

나의 깊은 마음을 꺼내 적는 일들이 점차 익숙해졌을 때 나를 그려 넣었다. 그리고는 나의 일기장을 사람들과 공유하기 시작했다.

순전한 내 속마음이, 아주 개인적인 내 일기장이 많은 사람들의 공감을 사게 된 이유는 우리가 공통적으로 힘들어하는 부분들이 모두 비슷한 맥락 안에 있기 때문이 아닐까 생각한다.

아마 나의 후회와 기쁨과 우울과 설렘들이 알고 보면 우리 모두의 것이었나 보다.

사람들이 내게 묻는다.

이런 문제가 있는데 어떻게 해야 할까요?

하지만 나는 절대 완벽한 대답을 해줄 수 없다. 아마 내게 질문을 했던 많은 독자들도 알고 있었을 것이다. 그들 중 대다수는 그저 자신의 아픔을 누군가에게 털어놓고 싶었으리라.

나는 대답한다. 그 문제에 더 격렬히 파묻히세요. 누군가 해답을 준다 한들 <u>스스로가 말끔히 씻어내지 못한 것들은 또다시 찾아와 우리를 괴롭힐 것이다.</u> 그러므로 더 깊이, 자세히 느끼고 자신을 단련시키는 것만이 후에 있을 일들에 대한 백신이 될 것이라는 생각이다. 그렇게 차츰 마음이 단단해질 것이다. 가장 중요한 것은 나를 아는 것이다. 자신을 제대로 아는 사람은 벌어지는 어떤 상황에서도 알맞은 처방을 내릴 수 있기에 깊게 신음하지 않을 수 있다.

많은 사람들이 자신의 앞에 놓인 문제에 대해 고민하고 아파한다. 하지만 우리는 보통의 존재이므로 대부분의 아픔들은 모두 비슷한 모양새를 하고 있다. 물론 비슷하다고 해서 아픔의 정도가 얕다는 뜻은 아니다. 그래도 닮은꼴을 하고 있기 때문에 우리는 서로에게 위안이 되어줄 수 있고 많은 문제들을 공감할 수 있다. 내가 아픈 부분은 남들도 똑같이 아픈 부분이기에….

나의 그림일기 역시 그런 의미이다. 내 앞에 놓인 문제가 세상에서 제일 커 보이지만 나만 이런 생각을 하는 것이 아니고 결국 나만 겪는 문제들이 아니었다는 것을 벼락같이 깨달으며 스스로를 고립으로부터 해방시키는 역할.

앞으로 나의 이 따뜻하지 않은 일기는 점점 더 짙어질 예정이다. 더 짙어진 농도의 그림일기를 보고 사람들의 시든 내면이 올곧게 피어났으면 한다. 이 책을 한 장 한 장 넘기면서 자신을 되돌아보며 스스로 깨달음과 판단을 얻을 수 있다면 나로서는 아주 큰 기쁨이 될 것이다. 그리고 앞으로 나는 계속 이렇게 사람들에게 나를 펼쳐 보여주며 나만의 우주를 넓혀갈 것이다.

이젠 당신의 우주를 넓힐 차례다.

너에게 들키고 싶은 혼잣말

1판 1쇄 발행 2017년 4월 15일
1판 7쇄 발행 2019년 4월 19일

지은이 김선아

발행인 양원석
본부장 김순미
편집장 최두은
디자인 RHK 디자인연구소 조윤주, 김미선
제작 문태일, 안성현
영업마케팅 최창규, 김용환, 정주호, 양정길, 이은혜, 신우섭,
　　　　　　조아라, 유가형, 김유정, 임도진, 정문희, 신예은

펴낸 곳 ㈜알에이치코리아
주소 서울시 금천구 가산디지털2로 53, 20층 (가산동, 한라시그마밸리)
편집문의 02-6443-8844　　**구입문의** 02-6443-8838
홈페이지 http://rhk.co.kr
등록 2004년 1월 15일 제2-3726호

ISBN 978-89-255-6114-1 (03810)